AF392483

EL LADO OSCURO DE LA SOMBRA

Y OTROS LADRIDOS

JOSÉ BAROJA

A mi sobrina Agustina

"Recogéis a un perro que anda muerto de hambre, lo engordáis y no os morderá. Esa es la diferencia más notable que hay entre un perro y un hombre."

Mark Twain

"Tirarle el hueso al perro no es caridad. Caridad es compartir el hueso con el perro cuando se está tan hambriento como él."

Jack London

UN HIJO DE PERRA

Para mi cachorro

> "Siempre habrá un perro perdido en alguna parte que me impedirá ser feliz".
>
> Jean Anouilh

Te ladraré una brevísima historia. Sí, lo haré con gusto. Solo para que no digas que no te quiero tanto como tú me quisiste a mí. En verdad, espero que sepas escuchar cada ladrido con suma atención, aunque sea un poquito; después de todo, yo siempre te escuché o intenté hacerlo, pese a tu extraño hablar. Sí, lo hice. De hecho, aún recuerdo, los secretos que me narrabas ahí, junto a la cama donde ahora estás; todavía me acuerdo, claramente, del cómo me hablabas de todos tus problemas, pero también de tus triunfos, allí, donde ahora estás llorando. Por ello, yo asumiré que tú también me escuchas, que tú me entiendes, que me sospechas acá arriba, aunque no me veas; y que, por tanto, todavía me quieres. ¿O no son por eso tus lágrimas? ¡Tantas horas llorando! Y te entiendo; no sabes cómo.

Lo cierto es que yo también quisiera aullar

fuerte por ti; aun cuando hace mucho que no lo hago. Solía hacerlo; pero cuando comprendí que si no naciste en cuna de oro, que si no has tenido fortuna o que si no has sido humano, la vida será naturalmente difícil, dejé de hacerlo. Muchos años ya desde que caminaba cabizbajo, con frío, comiendo sobras que caían, accidentalmente, de una mesa en el casino de la universidad o que algún alma, de esas que aún existen con algo de bondad, incluso hoy, me acercaba al hocico. Eso debía ser algo bueno, pensaba: ¡Estudiar en la universidad! Comparten con otros, conversan, ríen, tienen tiempo libre, les dan comida… comida. ¡Si tan solo existieran universidades para mí! Al menos, puedo decir que allí te conocí; que allí dejé de aullar. Y esa es la parte linda de la historia: la que juntos construimos. ¿Pero antes de eso?

Yo nací junto a un río. Por si no lo sabías, nací bajo un puente llamado Arzobispo, ubicado en la comuna de Providencia. Si uno lo piensa un poco, todo suena irónicamente religioso; irónico, pues mi nacimiento no tuvo nada de especial. Después de todo, fui el menor de ocho hermanos, nacidos de una sola vez, lo que hizo las cosas difíciles desde mi primer contacto con este mundo y poco amigables con cualquier fe. Es más, apenas abrí los ojos, apenas comencé a hacerlo, debí asimilar, obligatoriamente, qué es sobrevivir, qué es luchar por la supervivencia, aceptando de inmediato "agachar el moño", aceptar el "abuso" y "mirar hacia otro lado". El menor de la camada, ese era yo.

Mi madre fue una verdadera perra. ¿Su pasado? No tengo la menor idea; aunque, al parecer, mi abuela provenía de una familia más pudiente. Inclusive escuché que mi madre tenía ciertos rasgos de pedigrí hasta el punto de que muchos se preguntaban cómo había llegado a esa situación. ¿Sobre mi padre? La verdad es que no tengo mucho que decir, pues, desde que vine a este sucio mundo santiaguino, nunca lo conocí. Probablemente, era de esos machos alfa que abundan en el país; de esos que tienen una filosofía muy clara sobre la paternidad: preñar y desaparecer. A él le debo una horrorosa mancha de nacimiento sobre mi muslo; horrible, pues todo el mundo me decía "feo" al solo verla. Esa es su herencia.

Ciertamente, mi vida, desde un principio, no auguró el acceso a los mayores manjares de esta ciudad. Por el contrario, desde muy cachorro debí arreglármelas solo si es que quería comer y sobrevivir o, simplemente, no morir en una esquina de la capital. ¿Por qué ese afán mío de seguir viviendo? Una pregunta que insistía en hacerme durante mis recorridos por Avenida la Paz, por Estación Mapocho, por el Puente Cal y Canto. Lugares graciosos, tanto como mi querida Providencia. Graciosos, porque allí uno descubre lo raro que son ustedes: Avenida la Paz, nada tranquila; la Estación Mapocho, no era una estación; el Puente Cal y Canto, no era un puente. Y luego nos dicen a nosotros irracionales.

En fin, te ladraba acerca de cómo debí arreglármelas desde muy pequeño. Recuerdo vívidamente cómo durante un tiempo mi único consuelo fue saber que no era el único en tamaña empresa, pues mis hermanos también debieron solucionar ese dilema que nadie que respire, camine o folle puede omitir: el comer. Sinceramente, no éramos para nada apegados. ¿Cómo serlo? Si el beber juntos la leche de mamá ya era una muestra de lo que el futuro nos deparaba: lejanía y ausencia; y mucha pelea. En efecto, al poco tiempo nos distanciamos hasta el punto de que solo esporádicamente sabíamos algo de cada uno.

¿Por qué el Creador nos puso aquí? ¿Existe tal Creador? Filosofaba, me interrogaba a veces a las afueras de la Catedral Metropolitana, durante uno de mis habituales y solitarios recorridos de "callejero" por la Plaza de Armas; ello, mientras veía a mucha gente entrar y salir, pegarse en el pecho y llorar, sacar fotos y reír, siempre haciendo caso omiso de mi presencia, por más sediento que estuviera. Sin embargo, pese al que le pese, viví. Lo que ya es mucho decir, ya que meses más tarde un perro viejo me gruñiría acerca de tres perritos que habían muerto cerca del metro: a uno lo envenenaron; al otro, lo atropellaron; al tercero, y por este sentí a un más dolor, lo apalearon por ser atrapado in fraganti con una hogaza de pan. Antes de eso, yo pensaba que ustedes juzgaban a sus ladrones; lo que no sabía era que robar comida implicaba "muerte". Gruñí, pero decidí no quejarme, pues, según un desaliñado predicador, Dios les había dado la potestad sobre nosotros: "Llenad la tierra y sojuzgadla, y señoread en los peces del mar, en las aves de los cielos, y en todas las bestias que se mueven sobre la tierra". Nada que hacer. Eso explicaba todo. ¡Ese Dios se equivoca!

Pese a todo, he de decir que el deambular solo tuvo sus ventajas. Por lo menos, después de muchos meses y de mucha experiencia ganada a costa de patadas e insultos, me fue más fácil conseguir alimento; no como cuando éramos seis corriendo de aquí a allá. Con los años, también me alejé de mi madre. No porque quisiera, sino porque era la única forma de conseguir algo más que llevar al hocico. Lo confieso: la verdad es que me perdí. No supe cómo volver a ella, y por más que le ladraba a la gente, nadie me ponía atención. Solo unos niños trataron de ayudarme, pero sus poco considerados padres los apartaban de mí, aludiendo no sé que qué enfermedad podría tener... ¡Cómo si yo fuera una paloma!

Siempre he creído que los niños debieran gobernar esta ciudad. Al menos, nosotros no sufriríamos tanta pellejería por culpa de esos seres en los que se transforman. Los niños entienden nuestros ladridos y nuestras miradas; también nuestros corazones. Los adultos solo entienden esos aparatos rectangulares que llevan conectados a la cabeza: más de alguna vez chocaron conmigo por no ir mirando por dónde iban. Aunque eso era mejor a ser ignorado; lo era; aunque después me echaran la culpa.

¡Uf!, humanos. Dos amos tuve antes de ti: humanos también. Dos seres que acepté por necesidad, pues me vi tan cómodo y alimentado durante meses, que dejé de ladrar por mis deseos, de gruñir mis peticiones, todo con tal de hacer el menor esfuerzo mientras estuve con ellos; para no molestarlos. Lo irónico es que esos dos "amos" eran muy parecidos a nosotros. Hombres y mujeres elegantes, limpios y sin gestos los despreciaban e ignoraban como si fueran una lacra, unos simples "perros de la calle" que merecían su situación. Tal vez por eso admití sumiso acompañarlos en su día a día. Eran más pobres que yo, más sufridos que yo, mas muchas veces dejaban de comer para alimentarme.

El primero fue uno de esos que llaman "mendigo". Como si la ironía fuera ley de la vida, pasaba casi todo el día fuera de una iglesia que está en la calle Estado. Mi amo no era para nada un santo, pero entiendo su actitud, ya que la gente después de rezar y llorar y cantarle a un par de figuras, lo ignoraba al salir del edificio, e incluso lo mandaban a trabajar, como si él nunca lo hubiera intentado. "Dios proveerá", él decía. Luego descubrí cómo aprovechaba cualquier descuido y ¡zas! una billetera de cuero para agradecer al Cielo la oportunidad. En algunas ocasiones, el efectivo bastaba para que nos diéramos un festín: ¡Gloriosa justicia! Sin embargo, ningún trabajo es para siempre y un día lo pillaron. Se lo llevaron entre cuatro seres de boina; hermanos supuse. No lo volví a ver.

El segundo "amo" fue una mujer, según

entiendo. A ella la veía solo de noche en la calle San Antonio. Siempre tenía una palabra linda para mí; lo que me sorprende, pues no era muy lindo lo que a ella le decían. Nunca entendí el porqué usaba ropa, si vestía casi como que no la usara. Y tampoco me parecía muy lógico que, de veces, unos sujetos pagaran para llevársela a un auto o a un rincón y hacer eso que yo hacía sin tanta ceremonia cuando me daba la gana. No obstante, más allá de su extraña actividad, agua y comida no me faltaron en esa esquina. En esos momentos, creía sentir a Dios.

Ella era muy linda, más allá de sus ojos tristes y su gastado cuerpo. Y a mí me trataba como al perro más fino de la ciudad. Yo solo atinaba a mover la cola, pues hace tiempo que había olvidado cómo ladrar. Según entendí: ella tenía precios para todo. Nunca comprendí mucho la situación. Hasta que mi estadía se vio abruptamente interrumpida… Sí, otra vez por culpa de esos violentos seres vestidos de verde. Me parece que ellos se dedicaban a eso, aunque nunca vi que se llevaran a los tipos de corbata, de falda o de traje.

Así fue como, repentinamente, me vi solo en este Mundo. Una vez más. Hasta que te conocí en la universidad. Y aun cuando yo estaba tiritando de frío, con mucha hambre, y lleno de pulgas, me recogiste, me cuidaste, me pusiste un nombre, un lindo nombre, y me tuviste a tu lado hasta el último día. Entonces supe que no había nacido solo para sufrir y que eso que llaman Dios, tal vez no fuera un alguien distinto a ti o, tal vez, estaba en ti, con tu mirada de niño. Entonces, fui simplemente feliz. Volví a ladrar.

Mi cuerpo está en tu jardín, han pasado unas horas desde que me enterraste. Alguien podría pensar en tierra y cal, pero yo veo lo mucho que te preocupaste de darme un descanso digno. Hasta florcitas crecerán allí. Y mi nombre también está escrito. Yo estaré cuidándote. Moveré la cola donde sea que esté. Sé feliz, la vida al final no es tan perra y cuando lo parezca, solo escúchame ladrar. Te quiero.

EL LADO OSCURO DE LA SOMBRA

> "Yo podría ser el último paria de mi reino, un leproso abandonado por todos, sin recuerdo y sin esperanza de goce alguno, y aún quisiera vivir."
>
> Jacinto Benavente

—¿Escuchas?—, le acaba de preguntar Juan a un prudentísimo perrito que lo ha acompañado fielmente desde hace algunos días.

Un "guau" conciso y certero ha surgido a manera de respuesta desde el hocico del pequeño animal, lo que me da a entender, con suficiente certeza de narrador, su gran inteligencia y, ante todo, su gran capacidad para escuchar.

—Tú, calma'o—, le dice ahora Juan, quien adrede ha exagerado un tonillo parsimonioso para así esconderle al animalito lo asustado que él realmente está.

Es un gesto que podríamos calificar como fraternal, un lindísimo gesto entre hombre y perro, si me permites el comentario, pues este ha nacido del sincero interés de que su amigo no se espante —como él— por esos horrendos y amenazantes ruidos metálicos que se escuchan demasiado... demasiado cerca para no prestarles atención. Tampoco quiere que los gritos ni las consignas, ni las groseras respuestas de mutuo odio lo sobresalten, aun cuando todo esto ha irrumpido simultáneamente en sus oídos, dentro de su cabeza y a través de todo su cuerpo; aunque, seguramente, también en los de él. Lo cierto es que no son sonidos extraños en esa gran ciudad, no desde que el descontento social se manifestara en forma de violentas erupciones de sangre brotando de una herida nunca cicatrizada, y que ciertamente algunos nunca quisieron remediar, aunque el problema, el gran problema aquí, no es la protesta, sino que la aparente proximidad de esos ruidos bien podría ser indicio de que el nocturno y pasajero refugio que han conseguido corre peligro, verdadero peligro.

—Tú, calma'o—, ha repetido nuevamente Juan, a lo que el perrito ha contestado con la más sencilla y efectiva retórica que posee: una mirada de inocente serenidad.

—¡De verdad eres un "hijo de perra" con aire a filósofo!—, exclama el conmovido hombre—. Te merecí un cuento propio que de seguro algún latinoamericano tan perdí'o como yo escribirá, porque quién mejor que un latinoamericano para escribir acerca de perrerías y otros cuentos—concluye.

Lo cierto es que Juan tiene mucha razón en su comentario, aun cuando este nunca dijera lo del escritor latinoamericano, sí mencionó lo del perro, y sí, ese perro en particular tiene un cierto aire filosófico difícil de excusar, aunque la verdad es que no me atrevería a encasillarlo dentro de ninguna corriente... ¿Acaso sea una reencarnación de alguien importante en forma de can? No lo sé, no obstante, Juan, al darse cuenta de esa mirada empática y llena de genuino amor, y completamente ajeno a mi profunda reflexión, ha decidido desatender todos sus temores y seguir acomodando las frazadas, diarios y cartones que ha reunido para ambos. Juan y Perro en el fondo saben que esos ruidos persistirán en tanto haya injusticia en esta tierra investida por ese diosito dominguero que algunos tienes, así que lo que toca, pues él lo ha leído en esos ojos tan inmaculados, es continuar con sus cosas hasta que al fin puedan descansar en paz, algún día, ya qué.

—¡*Woof!*—, argumenta esta vez el perrito como queriendo hacer gala de su dominio idiomático y así sacarle una sonrisa a su compañero, a quien lo ha visto excesivamente serio durante las últimas horas.

¡Maravilloso! Juan ha entendido el propósito del animalillo, e incluso le ha respondido socarronamente: "*No problem*". ¡Cuánto se entienden! ¡Cómo se comprenden! Francamente el solo escuchar ese elegante ladrido ha acabado por calmar del todo a Juanito, ojalá para todos fuera así. Han sido pocos días juntos, pero es innegable que se comprenden del mismo modo en que lo harían dos amigos de toda la vida.

—Guau, guau…

—Ya, ya, tienes toda la razón.

Tal vez convenga al lector saber que ninguno de ellos posee un nombre "heredado", o bien, ninguno de los dos ha tenido la necesidad de recordarlo desde hace mucho. El perro es "Perro" y este "Juan" no pasa de ser un simple mote utilizado en muchas y diversas ocasiones para evitar "dificultades administrativas" o "burocráticas" por cada vez que la autoridad le ha pedido una identificación; una pinche identificación que, por supuesto, no tiene ni piensa tener. Pos no, para qué, "Juan" ha sido más que suficiente desde el instante mismo en que apareció por primera vez en su cabeza, instante en que un policía, hace ya "ochorrocientos" años, le preguntó con la amabilidad de un mandril "quién era" y "qué hacía ahí". Pese a que lo que "él hacía ahí" se advertía de inmediato, Juan no discutió nada, sino que automáticamente respondió: "Me llamo Juan". Conforme consigo mismo y ya solucionado el requerimiento número uno, Juan pasó a decirle a ese "gentil hombre" que lo que "hacía allí" era intentar escapar del frío guareciéndose en esa escalera con sus cartones y diarios, a lo que agregaría ya saber que esa era la entrada a una de las estaciones principales del metro de la ciudad y que solía pernoctar habitualmente, aun sabiendo lo anterior, al menos hasta media hora antes de que este abriera sus puertas para las concientizadas ovejas de la urbe, por lo que estas no lo habían visto jamás y, en consecuencia, nunca había molestado a nadie. Sin embargo, la respuesta coherente y bien estructurada no le bastó al amable y poco ducho carabinero, así que irremediablemente Juan acabó en la comisaría donde, al menos, pudo ratificar su apodo: "Juan". Y de eso, tal como anticipara, ya muchos años.

—No escuches Perro, no creo que lleguen hasta acá, ya sa'es que no se acuerdan de nosotros, podremos dormir tranquilos, así que calma'o.

—Guau, guau, guau...—, expresó animosamente Perro al descubrir que Juan había acabado de acomodar las cosas para que ambos pudieran dormir.

La lucha por la vida era un tema que los atravesaba esencialmente a los dos, por eso se parecían tanto —ni quién lo niegue—, cuestión que además les había facilitado llevarse tan bien desde que comenzaron a compartir ese mismo lugar en calle La Merced. Y sí, ahí estaban, extrañados de que todavía no los hubieran echado. No es queja, pero lo cierto es que estaban bastante acostumbrados a las malas miradas de los ciudadanos y a los prejuicios de quienes tienen un poquito más, a veces solo un poquito más, por lo que les parecía más que natural que tarde o temprano acabaran expulsados de todos los sitios que encontraran para dormir. No obstante, ahí ya llevaban varios días... ¡Gracias a Dios! Aunque también era posible que esta aparente fortuna fuera consecuencia de las continuas manifestaciones que adivinaban o muy lejos o muy cerca dependiendo de la hora, manifestaciones por la Verdad y la Justicia que aun así tendían a olvidarlos a ellos, también a la compañera de la calle San Antonio, a Pablo allá en Mapocho... En términos prácticas, estas ni siquiera habían significado una monedita extra "por el amor de Dios". "Quizá se lo merecían o sus dioses eran distintos", pensó Juan. ¡Al carajo! Nada que hacer, saben que esta jornada, así como la anterior, podrán dormir en ese momentáneo y elegante refugio, *carpe diem*, al menos hasta que llegue el día siguiente o se acuerden de ellos los que no los quieren en esta gran capital, después ya verán.

—¡Buenas noches, Perro!

—¡Guau!

Juan al fin se ha recostado; Perro se ha acomodado a sus pies. Esta noche, como era de anticipar, tampoco lo dejará solo, pues Perro conoce muy bien lo que es sentir la soledad, también el rechazo grosero de la "gente de bien", incluso en medio de las usuales muchedumbres de Paseo ahumada, incluso en plena "revolución"; aunque, valga aclarar, es muy posible que él, en su calidad de "perro", se haya sentido muchísimo menos solo que Juan en su calidad de "paria". Por esto y otras cosas que no vienen al cuento, pero que seguramente ya reconoces, resulta más que lógico que a esos dos "les importe una chingada" lo que sucede dos, tres o cuatro cuadras más allá de sus improvisados dominios. Creo que es la séptima noche ahí. Como sea, Juan y Perro ahora intentan conciliar el sueño a las afueras de lo que parece, visto con los ojos de un turista, la fachada de un hotel. Intentan hacerlo, pese a que los ruidos siguen escuchándose a una distancia indescifrable: la injusticia obviamente no se ha ido de esa ciudad.

Sobre seguro la vida de "Perro" no había sido muy distinta a la de Juan, aunque nadie le solicitara una identificación a este. Lo más probable es que lo abandonaran en alguna mudanza auspiciada, como es obvio, por un conjunto relativamente estándar de seres humanos, con características comunes a otros seres humanos, pero que en el presente, para Perro, solo se constituían en su memoria como lejanas sombras antropomórficas a las que quiso, como si fueran su verdadera familia; aunque siendo ya sombras en un recuerdo, no le gustara pensar mucho en estas. Quizá estuvieran en las protestas, quién sabe, a él no le interesaba. Ciertamente Perro era un perro valiente, ya que aun siendo tan pequeño, se las había tenido que arreglar solo contra animales mucho más grandes y peligrosos, algunos de cuello y corbata, lo que, como es evidente, le había otorgado una impronta de autoridad, obra de la circunstancia y de la experiencia, que lo hacía imposible de clasificar por cuestiones tan desatinadas como la raza o el fino pelo. Lo curioso de todo esto, y el motivo por el que te lo cuento, es que a diferencia de muchos otros animales que he conocido, tanto él como Juan no sentían rencor alguno. Tal vez por eso estuvieran destinados a encontrarse; o tal vez no.

Sea cual sea la respuesta, Juan al fin ha cerrado sus ojos, empero lejos del descanso esperado, se ha descubierto a sí mismo en medio de una intensa danza de sombras protestando furiosamente sobre un gigantesco escenario de concreto. ¿Un recuerdo de quién fue? Ni idea, pero él se ha reconocido como una de estas sombras exigiendo al Cielo Justicia y Verdad, gritándole fuerte a unos rostros de mujeres y hombres de casi siete leguas a los que alguna vez vio en la TV y que ahora, en su horrible pesadilla, ocultan la luz con sus descomunales cuerpos impidiendo revelar los rasgos del prójimo junto a él. Desde abajo, sus sonrisas inescrupulosas se distinguen con alarmante claridad... JA, JA, JA… De súbito, algunas sombras comienzan a correr desordenadamente, otras se defienden como pueden, otras pelean entre sí, a la vista de esos ojos y bocas monstruosas satisfechas por su hacer, pues no han necesitado ensuciarse las manos, simplemente han lanzado una serie de hilos capturando la voluntad de más de alguno: sus habilidades como expertos marionetistas son incuestionables. ¡Por poco! Casi lo han atrapado. ¡Pero no hay hacia dónde escapar! ¡No hay cómo ganar!

—¡Guau! Arrrrrrrrrrrrrr, ¡Guau!—, dice Perro al sentir el sollozo lastimero de Juan, indudablemente lleno de temor.

Juan está confuso. Las sombras corren sobre el escenario, se chocan, se gritan, cuando, de repente, siente que unas pesadas manos se posan sobre su espalda. ¡Catapumba! Ha caído en un foso profundo que no había visto, lo sabe porque ha tardado un chingo en tocar el fondo. ¿Lo han empujado? No lo sabe, NO LO SABE, sin embargo, la incertidumbre duele como si una víbora apretara su corazón. Respira. RESPIRA. Se reincorpora con la dificultad de quien ha caído desde muy alto. ¿Sigue vivo? Si es así, por qué no logra distinguir nada a su alrededor. ¿Tiene los ojos abiertos? Se los refriega instintivamente para comprobarlo. Nada, solo oscuridad. Nada. ¿Realmente tiene los ojos abiertos? Arriba al menos notaba las siluetas de sus compañeros, pero acá abajo... NADA, ni sus propias manos aparecen ante él. ¿Qué sombra lo ha empujado a esta oscuridad que respira y duele? Son tinieblas que lo consumen ahora, que lo llevan al olvido... ¡Al olvido!

—¡GUAU!—, vuelve a decir Perro con más fuerza, al mismo tiempo que lengüetea tiernamente a su compañero al verlo llorar.

—El lado oscuro de la sombra, ahí estoy—, afirma Juan despertando bruscamente como si alguna vez hubiera sido un poeta de esos que llaman menores.

Su despertar es violento, pero poco a poco este sucumbe a una tranquilidad forzada, pues Perro, sin mediar permiso alguno, se ha subido sobre él solo para volverlo a lengüetear con amor. Los ruidos siguen a lo lejos, por supuesto, pues la Injusticia no acaba de la noche a la mañana, empero Juan ha sonreído tantito gracias a Perro, allá en la calle La Merced, y eso me llena el alma, porque lo ha hecho en el momento justo, en el momento preciso en que se terminan las palabras de este relato y yo, yo me voy a buscarlos a la capital.

DONDE EXISTE DIOS

"Donde hay niños, existe la Edad de Oro".

Novalis

Paloma permanecía echada sobre una de las largas banquitas del pequeño y acogedor Hostal Bar Manzanillo. A primera vista parecía sumida en una absoluta y espiritualizada quietud; quietud que era interrumpida solo por el movimiento inesperado de sus párpados, indicio de algún sueño perruno, o bien por uno de esos prolongados bostezos con los que los perros de todos lados, y de ninguno, parecen querer tragarse el mundo para luego volver, sin haber tragado nada, a sus descansos existenciales. En tal sentido, podríamos afirmar que Paloma, en ese momento, simplemente se había dejado conquistar por el supremo y envidiable sopor canino.

¿Cómo culparla? Ya había oscurecido y, solo a unos cuantos metros, el Océano Pacífico sonaba como un grato arrullo infantil invitándola a descansar. Además, con tan pocos clientes a esa hora, cualquier ruido o movimiento hubiera resultado insignificante contra un sueño que ya dominaba cada rincón del local. Incluso Sergio, el famoso borrachito del bar, dormía plácido sobre una de las pocas mesas de madera que daban forma al que, pese a sus evidentes carencias, sin duda se constituía en la forma de un bonito negocio costero. Sergio, hombre que con frecuencia olvidaba su dignidad por algunos de esos pesos que suelen sobrar en el fondo de nuestros bolsillos y que, por regla general, para él, reaparecían, casi siempre, obra de la risa fácil de clientes muchas veces menos dignos que él. Quizá el mar, benevolente en ocasiones, también lo arrullaba a él. Como sea, hasta ese instante, nada hacía presagiar la escritura de un cuento o de un poema. Nada. Hasta que apareció Agustina.

Paloma la adivinó mucho antes de que se presentara en la puerta. Sencillamente la intuyó, gracias a un cálido sentir que la recorrió como un suspiro desde su nariz hasta su cola. Momento mágico tras el cual la perrita abriría los ojos de par en par para descubrirla a ella, allí, bajo el umbral, sonriente y sin preocupaciones entre los fuertes y peludos brazos de su padre, quien sin demora, tras una breve observación del lugar, el que indudablemente conocía, decidió ocupar la banca continua, ubicada justo detrás de ella. Sorprende entonces que Paloma no se percatara del cuándo ni del cómo la pequeña Agustina, quien apenas lograba equilibrarse con sus tres añitos, se colocó a su lado.

—¡Cuidado!—, gritaron desde atrás de la barra, cuestión que la niñita no entendió y, por eso, afortunadamente, en vez de reprimirse, decidió extender sus manitas hacia Paloma.

Agustina, feliz e ignorante de las reglas del Mundo, comenzó a acariciar amorosamente a la perrita, al perfecto ritmo de sus inocentes latidos, imperceptibles para los humanos presentes, pero no para el adorable y consciente animalito. Por ello, Paloma se dejó querer sin prejuicios ni condiciones, conocedora experta del corazón humano y que, como tal, sabía de antemano que esa chamaca aún estaba lejos de convertirse en una adulta que, tarde o temprano, negaría su propia alma bajo el disfraz de la madurez. Lo que no sabía es que esa niña, sin ningún aviso, quitaría sus manos solo para abrazarla, de tal modo que ambas comprenderían en silencio, en ese único acto de amor, un tácito e infinito "te quiero".

En ese abrazo, Agustina y Paloma cambiaron todo a su alrededor, tal como si Dios mismo estuviera allí. Y tal vez lo estaba, pues incluso Sergio se levantó sonriendo como si hubiera regresado a una época feliz, anterior a ser borrado por el Mundo y el alcohol. Al mismo tiempo, detrás de la barra, desde la cocina e incluso entre los pocos clientes surgieron tantas risas que las luces parecieron iluminarse con más intensidad como si el voltaje hubiera subido sin control.

Después de unos minutos, Agustina se alejó unos centímetros de Paloma. Con mucho cuidado, la perrita descendió de la banca apartándose tranquilamente por el pasillo para luego volver entre brincos donde la pequeña, quien en su vestidito blanco y floreado feliz aplaudía. De repente, el Hostal Bar Manzanillo se atiborró de gente festejando como niñas y niños el simple ir y venir de una perrita hacia una chamaca que en sí misma encarnaba eso que algunos llama "Amor". Sin duda, allí, ese sentir fue eterno todo el tiempo que duró. Dios estaba ahí.

CAMPOS DE MARTE

"Existen tres clases de inteligencia: la inteligencia humana, la inteligencia animal y la inteligencia militar".

Aldous Huxley

En los antes llamados Campos de Marte, en Chile, una importantísima dotación de soldados se prepara, con suma y completa devoción, para el evento artístico, cívico y cultural que, como cada año, los colocará como protagonistas absolutos del gran balé televisivo del día.

—El espectáculo por la unidad—, dicen algunos.

—¡El día de las Glorias del Ejército!—, nos recordarán mañana por altavoz.

—¿Glorias del ejército?—, alguien se atreverá a preguntar lejos del lugar o en alguna red social.

Si bien cada vez se reduce más y más el presupuesto para tan esperado evento y que, por ello, han debido acortarse los tiempos, mostrar menos, e incluso improvisar algo más (el sobrevuelo repetido de los viejos y nuevos aviones de guerra, por ejemplo), el show debe continuar hasta el final, después de todo, la marcialidad obliga y el circo político-social del país lo exige. Sea dicho, ojalá con la mayor calidad televisiva posible, en *High Definition* como mínimo, pues la nación se merece algo a la altura de lo mucho que ya ha pagado: los torturados y desaparecidos no pueden haber sido por nada. Afortunadamente, los medios siempre han estado dispuestos a ser ese eco necesario del gobierno de turno y, ciertamente, hasta la fecha no han fallado, pues la gente tiene el derecho de que les recuerden, con lujo de detalle, de la gallardía, del profesionalismo, de la disposición, de los uniformes, pero, ante todo, de que ellos, nuestros militares, aún están aquí por si asomara algún "problema"; igual que en el setenta y tres. Por lo demás, el rating en Chile, suele acompañar las decisiones de Sebastián, de Andrés o de Alberto, pero no se lo digan a nadie, ya que afirmarlo podría ser muy peligroso.

Dios, como siempre, agradecido por su incesante referencia en los discursos oficiales, ha decidido aportar en la resuelta preparación de estos valientes soldados. ¿Cómo? Una agradable temperatura ha permitido que ensayen su marcha al son de esos tambores, bellísimos y monótonos tambores, que facilitan el coordinar el movimiento de las cámaras, de los micrófonos y de todo aquello que aporte en una puesta de escena cada vez más exigente por culpa de la Internet. El Gobierno lo pide, *ergo* no pueden fallar, pues mañana, en el horario indicado, la marcha nos mostrará cada paso, cada respirar, a cada uno de los participantes como ejemplos de una disciplina sin parangón, digna de temer: un teatro hermoso y funcional para esa hora y media de la que se dispone, un verdadero producto de exportación lleno de gritos y cantos intimidadores. Frente a los espectadores serán un único cuerpo, uno solo. Qué duda cabrá con esos uniformes inmaculados por orden de alguien que da las órdenes, sin excepción.

En ello están, ensayando, serios y patrióticos, listos para recibir la orden sin cuestionamiento alguno, cuando, repentinamente, un pequeño perro, de esos que aparecen de la nada, pues viven junto a todos, se atreve, inocente, a invadir el perímetro establecido sin contar con algún salvoconducto validado por la autoridad. Casi como si recibieran una cachetada con la mano abierta, muchos de los rostros imperturbables de los valientes soldados, escondidos bajo esos cascos y esas boinas, han revelado una sonrisa. Incluso más de alguno ha perdido por centímetros su posición como si instintivamente quisiera correr junto al pequeño animal. Es más, sus pies casi se han despegado del suelo cuando violentamente un grito detiene el avance del caos. Condicionados como ovejas en un rebaño, solo han atinado a decir "beee", que traducido a lengua marcial sería "Sí, señor". Es un alivio, ese acto ha bastado para que se retome el guion. Todo, mientras un anónimo uniformado saca al único animal libre en los Campos de Marte. No se le volverá a ver ahí, puesto que se ha atrevido a perturbar el orden. Sebastián, Andrés y Alberto están conformes.

Beee!!!
beee!!!

ORFEO

Dedicado a Clemente

> "Todo niño viene al mundo con cierto sentido del amor, pero depende de los padres, de los amigos, que este amor salve o condene."

> Graham Greene

... Tic, tac, tic, tac... Para qué andar con medias tintas, los animales saben mucho más que las personas, ante todo porque sienten con más libertad que la mayoría de estas y, por ello, como dice Kafka, son poseedores de todo el conocimiento acerca de esta vida. Solo que son muy humildes para hacer gala de ello.

... Tic, tac, tic, tac... En esto, nosotras, o bien nosotros, solemos confundirnos por nuestras propias y pesadas convicciones "racionales", a las que también solemos llamar "principios", pero que no pasan de ser meros dogmas personales, nacidos a partir de creencias que nuestra sociedad, o el dolor o el miedo mismo, instaló, según opiniones más doctas que la mía, para no matarnos antes de que llegue el final de los tiempos; final que llegará mucho más temprano que tarde al ritmo que vamos.

... Tic, tac, tic, tac... En cambio... ¡Oh qué diferencia! Orfeo no tiene dudas cuando siente algo: lo siente y ya está. La muerte es solo una anécdota que no le impide vivir como su Dios quiere, tal vez el verdadero dios. Es un "sentipensante" que no anda con fanatismos monocromos ni juega al "mono" temático. No sé, me da la idea de que si pudiéramos comprender sus ladridos sería muy posible que escucháramos de su propio hocico un severo regaño contra nosotros, puesto que le bastaría un brevísimo y superficial diálogo para descubrir que hemos perdido, de forma extraordinariamente peligrosa, el sano intelecto animal. Quizá el único.

... Tic, tac, tic, tac... Orfeo es un sentipensante, digno del amor de Galeano y de Nietzsche y de cualquier otro ser humano que como él, piense. Orfeo es un perro en apariencia distinto al de Augusto Pérez, aunque al igual que aquel, conoce al dedillo de qué está hecha el alma humana y nunca, nunca, se perdería en la niebla. Orfeo vendría a ser uno de esos perritos que en Chile llamamos cariñosamente "quiltros", un mestizo en toda regla, un buen perro. ¿Su nombre? Pues a Javiera le gusta desde siempre Miguel de Unamuno.

　… Tic, tac, tic, tac… Ya son tres años desde que Orfeo llegó a su nuevo hogar: el mismo día en que Joaquín y Javiera instalaron ese enorme reloj de pared. Día importante para ellos, ya que celebraban un año viviendo juntos y Orfeo se convertiría, casualmente, en el símbolo de esa unión. Tres años después, siguen juntos, y el perrito conoce cada olor de ese lugar que considera suyo, y eso, aun cuando al principio la cosa fue difícil, pues los animales estaban prohibidos allí.

　—Hacen mucho ruido—, diría un hombre de mal oído, que apenas escuchaba la TV frente a él.

　—Los olores son insoportables—, agregaría una mujer que solía bañarse solo los jueves.

　—¡Las pulgas, las pulgas!—, gritaría otro durante la junta de propietarios, sin atreverse a escuchar la opinión de las pulgas.

　… Tic, tac, tic, tac… Al final la mayoría votaría

a favor de cambiar la ley convirtiendo a Orfeo en un ciudadano más dentro de esa comunidad, así como a otros animales que aparecieron de la nada y que, como él, también venían desde la calle. De la calle, cuestión importante, pues, más allá de su actual vida, Orfeo no olvidaba a su madre ni su origen, esto muy de la mano del amor que sentía por Javiera. Como decía, un buen perro, que también quería mucho a Joaquín, por lo que el tiempo allí transcurriría, fuera de esa votación que lo tuvo con reflujo durante varios días, sin grandes altibajos hasta que llegamos a un presente propio de un cuento y de un reloj que no se detiene.

... Tic, tac, tic, tac... Después de tres años, Javi se ha puesto barrigona. Joaquín también, lo que a Orfeo le ha parecido tremendamente raro, pues, pese a que los ve parecidos, los percibe distintos. Eso sí, a ambos los nota mucho más "caninos" que antes, digamos, con más corazón, como si un poquito de su forma de ser se les hubiera pegado; y eso que ya eran buenos humanos. ¡Eso debe ser! A ratos ponen música, varios temas que le gustan, después sonríen bobaliconamente. Mejor dejarlos un ratito: están demasiado melosos. Es hora de dormir.

... Tic, tac, tic, tac... Orfeo se ha quedado

escuchando el soporífero reloj hasta que su cabeza se rinde sobre el alfombrado suelo de la recámara. Su sueño es tan tranquilo que no ha notado el cuándo han salido Javiera y Joaquín del departamento.

… Tic, tac, tic, tac... Su patita se mueve, se sueña corriendo hacia una sombra pequeña que lo espera a lo lejos. Parece una personita, diminuta al lado de Javiera o Joaquín, pero personita al fin, aunque el tamaño no es lo importante, ya que extrañamente la percibe como si el sentido de sus días futuros estuviera allí, junto a esta....

… Tic, tac, tic, tac...

—¿¡Qué hora es!?—, se pregunta en canino lenguaje, al mismo tiempo que abre los ojos.

Sin duda ha dormido muy bien. Ya es hora de levantarse. "Guau" se escucha en el pequeño departamento. No hay nadie. ¿Han pasado la noche fuera? Ya volverán: lo sabe con certeza. Además, no se puede quejar: le han dejado comida, su favorita, y agua, y una vecina muy amable ha venido a sacarlo a la Plaza a platicar con los árboles y dejarles uno que otro "regalito". Lo ha disfrutado. Cuando regresa, sin embargo, Javiera y Joaquín aún no han llegado.

… Tic, tac, tic, tac…

—¡Ahí están! ¡Ahí están!—, grita saltando hacia la puerta antes siquiera de escuchar el picaporte—. ¡HOLA!—, ladra con todas sus fuerzas entre saltos.

Un momento, la ansiedad no le ha permitido notar ese tercer olor humano que ha llegado. Al descubrirlo se ha quedado quieto. Se ha sentado frente a ambos para observar bien. ¡Javiera no tiene barriga! Joaquín sí, pero Javiera no.

—¡Es un cachorro!—, ladra finalmente con la única y sincera alegría que conoce como perro.

—Se llama Clemente—, le dice Joaquín al mismo tiempo que los coloca a la distancia de un beso.

—¡Tengo hermanito!—, afirma Orfeo, mientras instintivamente se viste como el ángel de la guarda que siempre ha sido.

Orfeo ahora sabe que esta misión no terminará hasta que ese "tic, tac", que en él suena como un enorme corazón, deje de funcionar.

… Tic, tac, tic, tac... la vida se perpetúa en una dirección, la familia ha crecido y el amor ha confirmado, una vez más, el único sentido de esta.

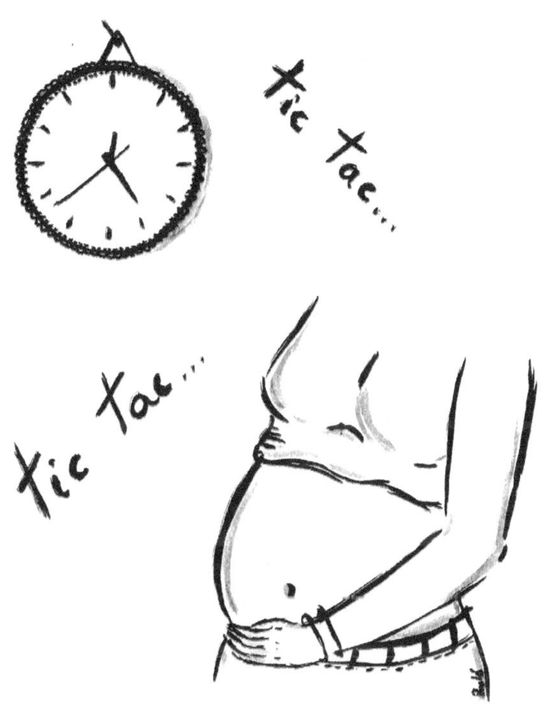

Tic Tac...
Tic Tac...

JUANITO "BOTELLA"

A Valdivia

> "Con la primera copa el hombre bebe vino;
> con la segunda el vino bebe vino, y con la
> tercera, el vino bebe al hombre".
>
> Proverbio japonés

—Juanito "Botella" pasea por la costanera de Valdivia…

—¿Pasea?

—… Al menos camina, algo tambaleante, de lado a lado, como si la acera fuera completamente suya, abrazadito, cabrá mencionar, de una mediana caja de *merlot*, cuya cosecha seguramente le da lo mismo, aunque no así su precio, pues esa debe ser, por fuerza mayor, la caja más barata que ha podido comprar…

—¿Hacia dónde tambalea?

—Hacia acá, cruzando la calle, su destino indudablemente es este, el puente Pedro de Valdivia, hace solo minutos, mientras bajaba por la calle Maipú, a Juanito se le puso en la cabeza la idea de querer disfrutar de esta brisa que, según él, es única a esta hora de la madrugada. ¿La sientes? No importa, si alguna vez te has emborrachado, bien sabrás que cuando uno toma una "decisión de copas", ya no hay vuelta atrás; si no, bueno, lo puedes imaginar…

—Me ha pasado. ¿Seguro de que viene hacia acá?

—Así es, a diferencia de nosotros, Juanito "Botella" no tiene celular, así que no perderá tiempo cayendo en el famoso cliché de llamar a esos viejos amores que ya nunca más estarán. No, él logrará llegar en unos minutos, allí al frente como te había dicho, justo en la mitad de este enorme arco que conecta con Isla Teja, la tierra de los aquelarres, según algunas personas con las que me he topado por aquí y por allá, pero no es tema de este cuento… Lo que sí es relevante es que Juanito no caerá en el cliché del celular, pero sí caerá de un modo mucho más explícito; pero no me adelantaré, ya lo verás, solo te narraré que ahorita Juanito "Botella" camina o tambalea decidido hacia el puente Pedro de Valdivia, abrazadito de su caja de *merlot*.

—Conocí a un Juan que vivía acá en Valdivia, era profesor, ¿será el mismo?

—Puede ser, "Juanito" no siempre fue "Juanito", alguna vez fue Juan Aguirre, ilustre ciudadano, quien ejercía como profesor de Educación Cívica en uno de esos colegios emblemáticos de la ciudad, no se sabe cómo acabó renunciando a todo, pero se especula que algo tuvo que ver la eliminación de su asignatura de los programas educativos del Estado. No sé si será el mismo que conociste, pero sí sé que luego de eso vino la cesantía, que atrapó tan de sorpresa a la ciudad, que nadie se percató del cuándo ese otrora profesor se convirtió en el Juanito "Botella" que todas y todos conocemos. Eso sí, se sabe que él mismo se bautizó como tal, probablemente como un resabio de su saber histórico acerca del famosísimo "Pepe Botella", hermano mayor de Napoleón, por si no lo sabías…

—Lo sabía, yo también estudié...

—No te enojes, mejor déjame continuar… su trayecto existencial hasta el ahora, en que se dirige al puente sobre el que estamos parados, es tan variopinto que daría para escribir una novela de formación, o *Bildungsroman* si quieres un término más académico, más fresón incluso, razón por la que nos limitaremos al presente, donde nos encontraremos, en un momentito más, con un personaje de una frondosa y poca cuidada barba, con unos zapatos de traje que poco o nada armonizaban con el conjunto, unos vaqueros rojos y una cajita de cartón, personaje que con abrigo y todo, a las tres de la mañana en punto, mientras hablamos, o más bien te describo cómo es, se las ha ingeniado para llegar al medio del arco que forma el puente Pedro de Valdivia, sobre este hermosísimo río Calle-Calle, sin que nos diéramos cuenta…

—¿Qué?

—Sí, como escuchas. ¿Lo ves? ¡Ahí está! Ha inhalado profundamente, tal como lo quería. Míralo, lo ha vuelto a ser, pero calma, ahora viene lo interesante, un perro de otro cuento se le ha acercado sin aviso. ¿Se te hace familiar? Él no lo ha visto. Mira, mira…, se ha subido al borde del puente, pero él no saltará…

—¡Guau!

—¡Cuidado!

—Tranquilo, el cuento termina bien, no hay necesidad de que te preocupes o te arrojes en su ayuda. Como te decía, y tal como lo has visto, un certero ladrido lo ha desequilibrado y ¡zas! Juanito

"Botella" ha caído al río. ¿Suena parecido al estribillo de una canción infantil, no?...

—¿Ha muerto? ¿Lo ayudamos?

—No, ya te he dicho que no, el cuento terminará bien, no morirá, solo que deberemos avanzar hacia el futuro, ya que el presente se nos hizo breve, tú tranquilo, no suelo ser un narrador tan maldito.

—Ok, te escucho, pero acerquémonos a la otra orilla para ver el final. ¡Qué raro! ¿Dónde está el perro? No lo veo.

—Ok, fija tu vista en la orilla del río, allí, después de varios minutos respecto al ahora, verás a Juanito despertándose boca arriba en una de esas plataformas de madera destinadas al descanso de los lobos marinos, aunque, para su buena suerte no hay ninguno cerca, por eso lo colocaré allí. Segundos más y se preguntará mirando a las estrellas: "¿Qué mierda ha pasado?"

—Algo se mueve en el río. ¿Es él? ¿Qué está pensando?

—Más bien deberías preguntarme en futuro, pero bueno, es solo un detalle, creo, y esto solo lo creo, que aún percibe el agua dulce entrando por su nariz y boca, ya entregado a su Destino fatal, después de todo, el sentido de la vida bien podría ser ese, simplemente morir, así que de seguro piensa en que de milagro está vivo, también se acuerda de que su primer instinto en el agua fue intentar flotar, como fuera, y cómo no lo logró, eso es verdad absoluta, aunque también recuerda que cuando ya perdía la conciencia, un cuerpo extraño se movió cerca de él y de ahí nada más.

—¿Nada más? ¿Eso pensará? Espera, ¡ahí está! ¡No está solo! Tenías razón.

—Nada más, ves ha despertado donde te dije. En varios minutos más, dirá en voz alta "¡Pinche hijo de perra!", puesto que se acordará del ladrido que lo hizo caer desde lo alto del puente. Sin embargo, sin esperarlo, escuchará un "¡Guau!" como respuesta, razón por la que, con notable esfuerzo, mirará junto a él descubriendo al *canem*.

—¡Ahí está el perro!

—"¿Qué haces aquí?", preguntará a ese perro negro que ahora lo observa con cariño y que tú ves junto a él. Está tan mojado como él. ¿Ya entiendes, cierto?

—Sí, ya los veo, y Juanito acaba de despertar.

—Te anticipo que Juanito "Botella" se pondrá de pie, que el mareo etílico se desvanecerá casi por completo. "¡La canina providencia!", exclamará, al mismo tiempo que llama a su nuevo compañero a seguirlo, tan empapado como él mismo. "Esto hay que celebrarlo", concluirá.

—Estoy de acuerdo, él seguirá vivo por obra divina o canina, qué más da. ¿Lo acompañamos?

—Cierto, lo importante es que ahora juntos se dirigirán a la primera botillería que encuentren abierta para festejar. Creo yo. Posiblemente les falte efectivo. ¿Qué surgirá de esto? Será cosa de otro cuento, puesto que ahorita Juanito y su perro ya se han descubierto en la costanera de nuestra querida Valdivia…

—…Donde el río Calle-Calle nos invita siempre a volver a empezar.

—Así es. Yo invito.

VAN GOGH

"Todo lo que vemos o parecemos es solamente un sueño dentro de un sueño."

Edgar Allan Poe

Cuando Gladys se descubrió nuevamente recostada entre las cuatro paredes de su dormitorio, supo que el encierro consigo misma era real. La peste había avanzado rápido por el Mundo y, más allá del optimismo local, era obvio que en algún momento esta arribaría a esas tierras, que, durante años, habían sido sembradas con sobrecargadas promesas de éxito y bonanza económica para todos, aunque, sinceramente, nada de ese discurso a ella le interesara. Y así fue, bastaron unos cuantos días para que el país pasara de una cómoda fase 1, donde todo estaba bien, a una paranoica fase 4, donde todo estaba mal, y, en consecuencia, se iniciaran las restricciones y una serie de problemas derivados de estas, puesto que, como corresponde a cualquier país subdesarrollado que merezca meritoriamente dicho título, estas medidas serían tomadas mal, lenta o tontamente, en especial con respecto a aquellos grupos que aún creían, a pie firme, en las continuas promesas de sus sempiternas autoridades. ¡Qué más se podría criticar al respecto!

—¡Compatriotas! ¡Compatriotos! Nuestro país hoy sufre los embates irreductibles de un refractario inmaterial, implacable y perseverante que nos acompañará y nos guiará por valles de sombra y de muerte durante mucho, mucho tiempo, si no tomamos las cautelas que como su presidente debo asumir… cof, cof… no estamos solos, ¡NO ESTAMOS SOLOS!, el Mundo ya es testigo de su presencia, por eso es importante que hoy estemos más unidos que nunca, todos juntos por una misma causa, la economía… COF, COF… y la salud son lo primero, por lo que desde el próximo jueves a las 22 horas decretaré oficialmente una cuarentena total para…

Bla, bla, bla, bla, incluso antes de que el presidente informara mediante edulcorados excesos discursivos, y alguna que otra pendejería, acerca de la cuarentena para algunas zonas del país, muchas personas, algunas dísquese educadas y cultas, ya habían invadido como hordas desenfrenadas supermercados y otras muchas tiendas en busca de esos artículos y alimentos "necesarios" para sobrevivir. En ese orden, artículos y alimentos, especialmente "artículos", fruto de un criterio bastante *sui generis* en asuntos de apocalipsis, aunque muy propio de generaciones más dadas al grito que a lo racional, y que conste, en principio los que corrieron a suministrarse fueron aquellos que bien podían darse el lujo de vaciar prácticamente todo el local, no creer en promesas de bonanza, o, si así lo estimaban, comprar *on line*, tarjeta de crédito mediante. ¡Amén! Y casi lo hicieron, aunque lo que aún me resulta un misterio, y que ciertamente me hizo dudar sobre lo real de la noticia y, por cierto, acerca de lo que es la realidad, es cuál había sido el detonante para que el papel higiénico acabara literalmente desapareciendo de las góndolas de un mercado que, de prolongarse esta historia, hubiera visto estupefacto cómo el uso del agua comenzaba a ser el estándar para limpiarse el culo. Afortunadamente, Gladys, la protagonista de este relato, en el momento en que la peste se presentó en gloria y majestad provocando el rimbombante, pero necesario llamado a cuarentena del presidente, estaba, como no podía ser de otra forma para esta ficción, más que lista. De más estará decir que Gladys no pertenecía a los sectores más vulnerables de la sociedad y que —bien por ella— era una de esas personas que prefería el agua al papel higiénico. ¡Nalguitas limpias ante todo!

En efecto, si hacemos un rápido catastro de ese instante inicial, habrá que decir que las "necesidades básicas" de Gladys estaban más que cubiertas a la llegada de la enfermedad, y esto, aun cuando hace muy poco se había emancipado de casa de sus progenitores, con la generosa ayuda, sea dicho de paso, de mamá y papá, quienes le habían encontrado ese nuevo *home*, no muy lejos de ellos, comprensiblemente. Como fuera, Gladys ya tenía alimento suficiente, tanto para ella como para su *doggy*, su cuentas de *Amazon* y *HBO* estaban al día, su enorme, solemne y turbulento vibrador con las baterías listas, los datos de su celular estaban *ok*, tema importante este último para cualquiera que haya nacido en los noventa y después, y bueno, un tremendo etcétera que nos llevaría a la misma conclusión: Gladys definitivamente estaba *ready* para no salir de su *home*, mientras durara *the emergency*. Por lo demás, no había necesidad de *money*, gracias a una mesada ostentosa y una línea de crédito con una frontera muy difícil de alcanzar, materia que simultáneamente le permitía cierta comodidad a la hora de juzgar a esas "otras personas" que forzosamente recorrían la ciudad por algunos pocos varos, aunque eso de "forzoso" para ella fuera un misterio. No obstante, esto no sería un cuento si todo hubiera ido perfecto para Gladys, así que por fuerza mayor, algo tenía que salir mal, y adivina qué, algo salió mal… TODO SALIÓ MAL… para todos.

Dos semanas estuvo Gladys "disfrutando" del encierro, dos semanas, porque, azarosamente, el día dieciséis, nuestra protagonista comenzó a sentir los primeros síntomas del *social distancing*, y eso que en su casa cabían al menos diez viviendas sociales como si esto fuera un ilógico e injusto sueño o, tal vez, una divina broma. Sea como sea, hasta antes de ese momento, su rutina había sido perfecta, más que suficiente para sobrellevar la situación, rutina que comenzaba muy temprano con ella practicando su *bakthi yoga* mediante *streaming*, luego revisaba su *cellphone*, daba *likes*, a diestra y siniestra, subía a Instagram la correspondiente historia desayunando, almorzando o cenando, intercaladas entre algunos "memes" sobre compromiso social, feminismo, antigobierno, o bien algún que otro video mostrando sus dotes para el canto con ukelele, junto a su perrito, Firuláis, nombre inspirado en alguna serie animada que ella disfrutaba hace no mucho. Sí, un cliché, pero qué más da, es su perro y a él no le preguntaron.

Durante el día también solía cocinar algo, a veces incluso utilizaba *Rappi* u otra *app* si se antojaba de algo un poco más elaborado o por simple pereza de regresar a la cocina, se conectaba vía *webcam* con su novio, su *crush,* sus amigos, su madre y su padre, bebía algún batido con pomelo o zanahoria, aunque en las tardes el vino caro era la opción y se masturbaba vehementemente antes de dormir, todo controlado por dos semanas. Sin embargo, tal como te anticipara, ese día dieciséis, Gladys sintió por primera vez que el aire le faltaba.

—"Hue'ona", ya no aguanto el encierro, como que me voi a volver loca.

—Mira, quiero que sepai que eso no te hace bien, haz lo que querai, pero por último sabe que esa "hue'á" no es sana, tranqui amiga—, respondió la Sofi Hurtado al otro lado del IPhone.

—Extraño a mi nana, espero que termine pronto este caos, *bye, bye,* le daré las flores de Bach a Firuláis, beso.

—Tómate un té verde, gansa, y luego a la piscina, besito.

Piscina, té y todo lo demás, no evitaron que durante las siguientes jornadas se le sumara tanto peso extra a su consciencia, al igual que mucha autocompasión, que al final de estos Gladys acabaría comprendiendo, forzosamente, que estaba atrapada consigo misma, atrapada sin poder hacer nada realmente importante para su existencia más que quedarse dentro de los límites de su *home*, y esto por más rutina hippy-fresa que siguiera. Es más, por cada hora que pasaba, un miedo silencioso se iba apoderando gradualmente de su cuerpo, miedo a no poder ser más ella, miedo a no poder revivir las reuniones sociales con su familia, donde ella siempre era el centro de atención, miedo a no poder viajar al extranjero o a su casa en la playa, o al menos al *shopping*, miedo a la ausencia de fiestas, de miradas envidiosas, de espacios para lucir su *english* practicado en Miami…, miedo a no ser vista pagando con su *platinum* todas esas actividades que la mayoría solo podía hacer excepcionalmente o soñar, pero no ella, *please*. De golpe, Gladys se iba descubriendo así misma dentro de una "identidad" tan falsa, que al no poder confirmarse en ausencia de la plebe o de sus iguales, se asemejaba más y más a un cántaro vacío a punto de quebrarse. Afortunadamente, Firuláis estaba ahí.

—Qué bueno que te tengo a ti para que me consueles—, le dijo sinceramente a su mascota, quien solo atinó a mirarla con cara de "quiero comida".

El día diecinueve, más menos a las cuatro de la tarde, Gladys perdió el contacto con su familia. Mientras hablaba con su mamá y su papá mediante *Skype*, la transmisión simplemente se cortó. Al principio, no le dio mayor importancia, después de todo, en ocasiones eso pasaba, pero al insistir y darse cuenta de que ni siquiera podía contactarse con alguien más, ya fuera por WhatsApp u otro medio, el temita se comenzó a complicar. "Hola, mi amor", "Hi", "¿Estás ahí?", "¿Sofi?"..., ni Messenger, ni Facebook funcionaban. Horas más tarde, y muchos ensayos de por medio, Gladys asumiría con horror que ninguno de sus contactos había publicado cosa alguna o siquiera entrado a su perfil desde la misma hora en que *Skype* había muerto para ella. Ante esto, fue tanta su angustia, que incluso decidió enviar un inédito correo electrónico con la esperanza de que alguien respondiera, lo que fuera, pero no pasó nada.

Luego, ya al borde de perder la calma, decidió buscar en las noticias de la Internet para ver si algo había ocurrido allá afuera, empero tampoco encontró algo que fuera relevante, así que en parte se tranquilizó, después de todo, la Internet aún funcionaba… aunque si hubiera leído con atención, se habría dado cuenta de que todas las publicaciones que había revisado no pasaban de las cuatro de la tarde. Resignada, y dando por perdido el día, descartó su agenda, excepto por las flores de Bach, y optó por ver una película e irse a dormir convencida, por salud propia, de que mañana todo se arreglaría.

El día veinte nada se arregló. La desconexión masiva continuaba, por lo que Gladys pensó seriamente correr a casa de sus padres, quienes, como ya sabemos, no vivían muy lejos de ahí, un trote y ya. Sin embargo, el miedo a salir la hizo retroceder en su intentona, en particular porque su papá ya le había comentado días antes que debido al descontento social de algunos grupitos "resentidos", el presidente había tenido que decretar un estado de emergencia mucho más riguroso, que implicaba rondas militares frecuentes y ciertas "excepciones violentas" al Estado de Derecho, así que, por ningún motivo debía moverse de ahí, porque además si algo le faltaba, él se lo llevaría encantado. Obediente, Gladys pensó que ante la situación, que debía ser muy parecida por allá, su papá estaría próximo a llegar, así que mejor no, se quedaría en casa. En consecuencia, se conformó con saber que Firuláis estaba cerquita de la piscina y que ella tenía suficiente para al menos tres semanas más. No obstante, horas más tarde, se daría cuenta de que su Internet había dejado de funcionar. Sin quererlo, ahora Gladys compartía algo con la gran mayoría de la población.

—Abrázame, Firuláis—, dijo Gladys, a lo que Firuláis se acercó extrañamente con la cabeza y la cola en alto, como si supiera que algo había cambiado.

No sé si las flores de Bach efectivamente ayudaban a Firuláis a vivir la cuarentena o en realidad servían más para relajarla a ella pensando que ayudaba a Firuláis, aun así, he de decir que este se había comportado loable y sumisamente durante esos veinte días de encierro, por lo que esa noche, después de utilizarlas nuevamente, después de abrazarlo efusivamente, pese a su actitud, y tras aterrizar lo sentimientos que la invadían con su oportuno vibrador, Gladys se fue a dormir esperando que mañana sí fuera un día mejor. Hasta ese momento, a lo menos había podido descansar por las noches, previo contacto con su familia y amigos, previa rutina, con excepción, por supuesto, del día anterior, hasta ese momento había sido así, puesto que a las tres de la madrugada del "día" veintiuno, la muchacha despertaría agitada por primera y única vez durante esa cuarentena, despertaría violentamente con la necesidad abrumadora de volver abrazar a su perro, de llevarlo a la cama consigo y de sentir su calor.

—¡Firuláis! ¡Perrito! ¡Ven! —grito llena de angustia.

Pero Firuláis no vino. Después de buscarlo impetuosamente por cada rincón de la casa, Gladys sintió que se ahogaba, su último vestigio de identidad podía desaparecer con él. ¿Qué había pasado? Aparentemente, Firuláis había escapado por una de las ventanas que ella misma solía abrir antes de ir a la cama. No lo podía creer, de hecho era difícil de creer que un perro tan gordo tuviera la capacidad siquiera de asomarse por esa ventana, empero había saltado por ahí y eso era indiscutible. Lo que no entendía era *why*, cuando ella le había dado todo, TODO.

—¿¡Qué hago!? —, se preguntó desesperada al verse sola dentro de una casa que ahora parecía grotesca y redundante en su tamaño, y continuaría preguntándoselo el resto de lo que quedaba de noche, pues no podría volver a la cama, no mientras evitaba caer forzosamente —otras vez la palabrita— en un ataque de pánico con el que hubiera coronado el fin de este relato.

Llena de dudas acerca de si salir o no, sobre todo considerando que esto implicaba encontrarse frente a frente con la policía y los militares y la advertencia de papá, decidió esperar. Probó nuevamente llamar a todos, conectarse a Internet, pero todo seguía igual, *muerto*. Para peor, horas después de la huida de su perro, cuando el Sol ya se asomaba detrás de las cortinas, la electricidad se cortó. ¡Horror! Un horror mayúsculo para ella, sobre todo al notar que la batería de sus aparatos ya rozaba la extinción siendo que quizá en algún momento las redes se arreglarían y todo esto parecería una pesadilla. ¿Por qué no había cargado su teléfono o su computadora?, se preguntó en silencio, tapada con una frazada de *Hello Kitty* en una esquina de la enorme casa. Ahora sí que la cosa se ponía completamente *ugly*, cómo hacer para no angustiarse por Firuláis y ella. Un profundo respiro y una reflexión: "Calma, quizá Firuláis regresará solo al hogar, así como la luz, la Internet…". Empero los minutos siguieron pasando en su cabeza, no tantos como ella creía, pero pasaron, y el perro no volvía, por lo que Gladys, ya asustada ante la posibilidad de no saber quién era durante un tiempo incierto, se armó de un coraje inusual en su vida, buscó una pañoleta, que había usado en alguna marcha en la que tenía que estar por popularidad, y una chamarra gruesa con una capucha, con el objetivo de aventurarse a donde según algunos la muerte rondaba. En caso de que la detuvieran diría la verdad, qué podría pasar, qué podrían hacerle a alguien como ella por salir en busca de su pobre perro, solo y asustado en medio de la pandemia. Su apellido aún valía algo en esa *realidad*. Entonces, salió: eran las tres de la tarde.

En la calle, Gladys desbordaba un miedo difícil de confrontar, por lo que su cabeza permanecía baja, casi mirando el suelo, sin atreverse a levantar demasiado la mirada. Un absoluto e incómodo silencio era dueño de ese lugar, como si nadie más viviera allí, lo cual era definitivamente contradictorio, pues ella sabía que era un condominio donde vivían muchos niños. No importa, ya estaba ahí, y su misión se constituía como una razón suficiente para animarse a caminar algunos metros más, casi deseando encontrarse con la policía o con quien fuera que refutara esta desagradable sensación de soledad… Pero nadie apareció, ni siquiera pudo descubrir algún disimulado movimiento de cortina que revelara la presencia de alguien mirando tras estas, aunque lo más raro no era eso, sino que ni siquiera escuchaba ladridos o coches, sabedora de que en esa calle no solo habían chamacos sino también vivían al menos siete *doggys*, bastante ruidosos por decirlo atentamente, no como su Firuláis, que rara vez ladraba, a lo que se sumaba, o debía sumarse en ese momento, una avenida principal por donde corrían vertiginosos y pesados vehículos del transporte público.

Espantada, se arriesgó a gritar el nombre de su perro, mas inexplicablemente no le salió la voz, como si hubiera olvidado las palabras necesarias o el cómo pronunciarlas. ¿Qué pasaba aquí? Sus nervios se transformaron paulatinamente en algo muy parecido a la tensión que aparece en el cuello antes de que algo malo te suceda. Necesitaba respirar, respirar profundo o la crisis de pánico se la comería, así que, sin pensarlo demasiado, ávidamente se quitó la capucha despejando así su vista y descubriendo el horizonte ante ella. En ese momento palideció del todo.

Al levantar la cabeza, Gladys esperaba encontrarse con la cordillera, como durante toda su vida, sin embargo, lo que halló fue una mezcla de intensos colores revolviéndose en el horizonte como si la realidad se estuviera transformando bruscamente en una gigantesca pintura de Van Gogh, curiosamente, uno de los pocos artistas que era capaz de reconocer. Cómo describirlo, los amarillos, los naranjas, los azules se revolvían de manera orgánica como si fueran masas secas de óleo devorando también parte del cielo, de hecho, ningún edificio de más de tres pisos se distinguía a lo lejos, probablemente ya aplastado por un pincel que solo podía imaginarse. Concluyentemente ninguno de esos falos arquitectónicos, construidos para lucir el poder económico de algunos, continuaba de pie, pues habían desaparecido irremediablemente bajo la intensa mezcla de colores que confluían en el fondo como vórtices desenfrenados. Tal fue el miedo que confundió a Gladys, que ni siquiera se percató del cuándo Firuláis apareció junto a su pierna como un fantasma, colmado de una serenidad que hacía creer que este era un día como cualquier otro, al menos hasta que gruñó y ladró… o algo parecido.

—Arrrrr… Gggggguuuauuuuggggggaaa.

El sonido que Firuláis emitió parecía más bien un gruñir y ladrar deformados por un programa de computadora, horripilantes, lo que acabó por asustarla aún más, y posiblemente hubiera sido el mayor susto de todos, si no se hubiera dado cuenta de que los colores no solo estaban fijos en el fondo, sino que avanzaban vorazmente hacia dónde ella estaba arrasando con todo lo que se veía en su camino, igual que si fuera un monstruoso tornado.

—Un sueño, un sueño un sueño—, pensó al no poder hablar en un intento desesperado por despertar.

—Gggggrrrrraaa…Tttt ares el sueeeñegou—, escuchó pronunciar a Firuláis, al tiempo en que sentía cómo cantidades inconmensurables de colores la levantaban en un torbellino hasta convertirla en polvo, en parte de esa monumental obra de arte, propia de algún dios que había dejado de soñar.

Aparentemente eso es lo que había ocurrido, su dios había despertado de una molesta e injusta pesadilla, donde Él había creado adrede las injusticias, donde Él no había hecho nada por la gente, donde a Él no le interesaba ni el Bien ni el Mal, donde Él favorecía solo a los que se sometían… El Diluvio en su sueño se parecía a una pintura de Van Gogh.

PUTA

"Siempre hay un momento en la infancia en el que se abre una puerta y deja entrar al futuro."

Graham Greene

En una conocida esquina de alguna gran ciudad, de esas tan grandes que hasta el más bienaventurado corre el riesgo de perder su salvación, aunque sea por unas cuantas horas y previa confesión, tres mujeres de ceñidas faldas esperaban con paciencia de santas que alguno de los pocos carros que doblaban sospechosamente por ese preciso lugar, las viera, se detuviera por completo, bajara su vidrio e invitara a alguna de ellas a comerciar, directa y sucintamente, una simple transacción, un estricto acuerdo entre dos partes, un negocio y ya: mi dinero por tu cuerpo.

Si bien ya era tarde para mucha "gente de bien", las tres siempre podían contar con que algún rezagado e inocente ciudadano buscara algo "rapidito" y carente de memoria y, como es obvio, las tres también estaban siempre dispuestas a llegar a algún arreglo, mutuamente beneficioso, con toda alma que quisiera solo "divertirse", por lo menos mientras la lana estuviera de por medio. Además, por si eso no bastara, las chicas contaban con el auspicio de un pequeño departamento, lo suficientemente limpio para usarse con absoluta discreción durante un máximo de una hora con treinta minutos, no más, ya que no estaban autorizadas a complacerse "con cuerpo ajeno" durante toda una noche, a no ser que les pagaran una pequeñísima fortuna por ello. Negocios son negocios, y el turno, en este caso, valía oro.

Afortunadamente para ellas, en el tiempo que llevaban trabajando en ese lugar, habían logrado consolidar un grupo más o menos habitual de clientes, entre ellos, más de alguno enamorado, unos tantos vírgenes desesperados, muchos casados, unas pocas cónyuges en busca de fantasías, aunque todos, sin excepción, compartían la ilusión de poder poseer a otro, libremente, por algunos pesos, en la verdadera y completa clandestinidad. Por lo demás, el punto de reunión siempre era el mismo, el primer poste del alumbrado público, ubicado justo después del semáforo norte de avenida Sor Juana Inés de la Cruz, convertido, extraoficialmente, en la inequívoca "referencia" para encontrarlas a ellas, de tal modo que bien podríamos afirmar que lo único que ahí faltaba era un enorme cartel de neón que dijera explícitamente "putas aquí". Putas muy agradecidas de Dios, puesto que después de muchas dificultades y pellejerías, hoy ya nadie peleaba por ese territorio, así que ahora ellas, proxeneta presente, podían instalarse a sus anchas, bailar sensualmente en ocasiones, coquetear con uno que otro transeúnte y esperar, sobre todo esperar, hasta que alguien se detuviera. No obstante lo anterior, habrá que decir que esa noche, tras unas cuantas horas de agotadora espera, el negocio iba indudablemente lento, puesto que solo Agatha, la cuarta de ellas y la más joven, había tenido oportunidad de ejercer convenientemente su oficio.

En efecto, a eso de las dos de la mañana, las tres mujeres todavía esperaban con ansias sus siguientes compromisos laborales como si las acciones de una transnacional dependieran de esto, cuando, súbitamente, un carro se detuvo.

—¡Este es el mío!—, se dijeron sonriendo simultáneamente como quien apuesta a un caballo de carreras en el hipódromo.

Tras acomodar esos vestidos, que poco o nada dejaban a la imaginación, las tres chicas se alinearon marcialmente y aguardaron, serenas y conscientes de sus valores, que el chofer bajara el vidrio, sacara su mano y llamara a alguna de ellas para comenzar la negociación. Desgraciadamente para sus propósitos, nada de eso sucedió, pues la ventana no bajó ni siquiera un centímetro, en cambio, sí lo hizo Agatha, quien regresaba en ese lujoso carro después de tres horas fuera, probablemente, en alguno de los muchos moteles emplazados cerca de ese lugar. En fin, era Agatha, así que la cosa al parecer seguiría igual durante el resto de esa noche, en especial ahora que volvían a ser cuatro en esa esquina, sin contar a un simpático perrito que de la nada se había instalado junto a ellas solo minutos antes de que la "colega" volviera.

Con todo, el tema no iría tan simple. Agatha lejos de descender como una "princesa de cuento" del lujosísimo vehículo, bajó con un semblante pálido y peligrosamente colindante con la muerte. Unos pocos pasos bastaron para darse cuenta de cómo la muchacha intentaba sostenerse a duras penas sobre sus tacones con la misma prestancia que un borracho.

Empero, ninguna de las tres alcanzaría a realizar la pregunta obvia, porque la recién retornada debió apresuradamente colocarse de rodillas, al borde de la vereda, con tal de no manchar con su vómito ni sus medias rotas ni sus zapatos rojos.

—¡Qué asco! —, expresaría malamente desde el suelo, al mismo tiempo que se afirmaba las costillas como si adivinara que algo más saldría de allí.

—¡Chiquita! ¿Qué te pasa?—, gritó Selena apresurándose a ir en socorro de su amiga.

—¡Qué asqueroso! ¡Duele! —, repitió Agatha al tiempo que intentaba infructuosamente ponerse de pie, pues cuando ya creía lograrlo, nuevamente el mareo era seguido por un explosivo vómito sobre la calle, una sustancia tan repugnante que las tres chicas instintivamente apartaron sus miradas; incluso el perro se asustó.

Ciertamente todo lo que había comido durante el día y, probablemente algo más, había sido expulsado de su cuerpo como consecuencia de las espantosas náuseas que le había provocado ese último "cliente", quien ni siquiera se molestó en ver cómo estaba su "amorcito", sino que, por el contrario, apenas notó la situación y preocupado por su "seguridad" y solo por su "seguridad", cerró la puerta de golpe, gritó en tono de burla "que la culpa era de ella" y aceleró el coche tal como si fuera un delincuente huyendo de la policía…

—¡Puta la hue'á! ¡Cuidado, hue'ona! ¡Te ensuciaste!

—La Agatha se nos enfermó. ¡Qué lata! Eso te pasa por aceptar a cualquier culia'o, una tiene que hacerse respetar po', hue'ona tonta. Parece que to'avía estai muy verde.

—ja, ja, ja, ja, ja… ¿qué te tomaste?, hue'ona.

—¡No te ríai, el hue'on era asqueroso!, ¿te ayudo, chiquita?—, dijo finalmente Selena.

Pese a que Agatha aún no lograba reincorporarse, ese "chiquita" lo escuchó extremadamente bien, tan bien que la hizo recordar, por un lapso muy breve eso sí, una infancia muy lejana, muy distinta, ¡tremendamente desconectada de su presente!, pero, ya sabes, las vueltas de la vida… Sin esperar una respuesta, Selena, francamente más empática que sus compañeras, observó con cariño a la pequeña, quien aún permanecía de rodillas sobre el pavimento, y sin mediar pregunta alguna, decidió tomar su pelo y rápido, como la más habilidosa de las estilistas, le inventó un improvisado moño, con tal delicadeza y amor, que más parecía estar atendiendo a su hija que a una "colega".

—Así no te lo ensucias.

—Déjala ahí no má', eso le pasa por hue'ona.

Sorpresivamente, el dulce movimiento de Selena dejaría al descubierto un horrendo golpe en el ojo derecho de la "chiquita". "Gajes del oficio", pensaría, después de todo, a todas ellas les había pasado alguna vez.

—¿El conchasuma're te pegó, chiquita?

Agatha, como perdida de sí misma desde hace algunos segundos, al escucharla, inconscientemente buscó en su cara el horrible cardenal que su amiga había descubierto, pero antes de encontrarlo, se extravió nuevamente en otro recuerdo, aunque, esta vez, para su terrible pesar, no pudo ir demasiado lejos. Tantas decisiones que debieron ser diferentes, que debieron, si tan solo pudiera volver a empezar —pensó—, si tan solo me hubiera atrevido... ¿Papá dónde estás?... Agatha regresó por un minuto, miró a su amiga desde el suelo y comenzó a llorar. Las imágenes de un pasado muy cercano comenzaron a confundirse con las de ese viejo horrible con el que había estado por algunas horas, lleno de pliegues y protuberancias en su piel, cuyo sudor se asemejaba demasiado al sebo deslizándose desenvueltamente hasta su entrepierna, grasa que ella todavía sentía entre sus dedos. Solo de pensarlo, las náuseas retornaron, por lo que Selena debió apartarse para permitir que Agatha otra vez vomitara. Se parecía tanto a aquel hombre que mamá había traído a casa, por qué no se había dado cuenta antes.

La chava necesitaba quitarse esa imagen de su cabeza para así poder continuar en medio de ese ir y venir vehemente entre pasado y presente, a pesar de que aún percibía un fuerte olor a orines sobre su propia piel, a pesar de que aún distinguía esa carne grotesca sobre la suya… qué había hecho, qué había bebido, a qué había accedido, cuándo todo se había quebrado. ¿Realmente perdería su alma ahí tirada sobre su propia repugnancia? Lo cierto es que ese cliente había pagado tres veces el servicio completo, Horacio estaría más que complacido por ello, tanto, que ni siquiera haría preguntas al respecto y, por ende, nunca se enteraría de que el pago había sido un poco mayor, por supuesto, no por extrema generosidad del viejo, sino obra de una extenuante mamada, que ella había permitido sin condón, pues el trato era mantener ese pequeño pene en su boca hasta que acabara… Quizá unos cuantos trabajos más y podría irse de allí, recuperarse, volver a empezar.

—¡Mierda! ¡Mierda! —, exclamó desde el suelo, al recordar el semen en su garganta y las arcadas que hacía al mismo tiempo que intentaba sacárselo de encima, igual que aquella vez, hace no tantos años, ese conchasuma're sostenía su cabeza como si quisiera ahogarla con su mínimo miembro.

Cuando Agatha ya se sentía morir, por un segundo pensó en convertirlo en un eunuco para toda su vida, en defensa propia, argumentaría. Sin embargo, como en aquel momento, no se atrevió. Agatha volvió a vomitar.

Selena sacó entonces de su bolsa una botella con agua para dársela a su amiga, a su "chiquita"; el perrito se acercó y le regaló a ella un lengüetazo por su gentileza a lo que esta respondió con una caricia sobre su cabeza: ambos se sintieron muy bien. Sinceramente, Selena sentía afecto por Agatha: la consideraba la hija que nunca podría tener, así que nuestra apreciación inicial no resultaba para nada errónea. Cuando recién llegó a esa esquina, la chiquita había sido la única que la había defendido de quienes le gritaban "travesaño", "trolo", "mariposón"… Selena no era nada de eso, aunque su pesar sin duda se lo debía a Dios. De todas formas, ya era bastante fuerte en aquel tiempo como para haber sobrellevado sola esos comentarios o haberle pegado a más de alguno, pero el gesto de Agatha la había conmovido. "Se nota que la has pasado mal", le diría a solas y sin medias tintas antes de abrazarla. Por eso, y por otras cosas, Selena nunca la dejaba sola y, en consecuencia, al ver que aún no se recuperaba del todo, optó por decirle a Tania y a Pascuala, quienes mantenían su distancia por precaución, que por favor las cubrieran un ratito, porque la llevaría a un baño para que se aseara un poco y se recobrara antes de seguir laborando. Las chavas accedieron de mala gana, aunque no sin antes pedirles que se apresuraran, pues Horacio podría aparecer en cualquier momento y enojarse al no encontrarlas ahí.

—Si hue'onas, si vamos aquí a la vuelta no má'.

—Apúrense, vuelvan al tiro.

Horacio era el proxeneta que Dios les había enviado, gracias a él ahora no pasaban tanto tiempo en un calabozo, la policía no se aprovechaba, les pegaban menos y casi no les gritaban. Cuántas veces se habían agarrado a trancazos con "colegas", neonazis, evangélicos, uniformados... antes de la oferta de Horacio de hacerse cargo de ellas por un módico porcentaje, porcentaje que exponencial e inesperadamente fue creciendo. Aun así, estaban mejor que antes. No, ese hue'ón era un empresario, así que había que entenderlo como tal. Punto. Todo eso pensaba Selena, quien tras caminar media cuadra con Agatha a cuestas, y en compañía de ese solidario perro que no les perdía huella, golpeó la reja de una botillería esperando que le abrieran: un anciano de barba blanca y olor a tabaco se acercó.

—Don Nica, nos deja pasar por fa', la chiquita se siente mal—, dijo Selena.

Don Nicanor era el dueño de esa botillería y del único sanitario cercano. Aun cuando su rubro oficial era el alcohol y los cigarros, en su local también solía vender otras drogas, digamos ilegales, nada muy comprometedor, mucha marihuana, algo de LSD y rara vez coca. Aunque todo el mundo lo sabía, incluso la policía, nunca había tenido problemas, puesto que él estaba convencido de que una política fructífera para su microempresa sería no meterse en problemas ni siquiera con las putas de la esquina, a quienes de vez en cuando también les vendía a precios preferenciales, e incluso, muy improvisadamente, canjeaba por una "canita al aire". De hecho, gustaba mucho de las veces que había estado en la pequeña bodega, en la parte de atrás del local, con Tania, a la que allí trataba de "perra" y la "ponía en cuatro", solo por el placer de hacer lo mismo que había visto tantas veces en antiguos VHS que solía alquilar. "¡Qué lindo culo!", decía al tocarla con la punta de sus dedos e irse antes siquiera de intentar penetrarla. Luego, ella lo trataba como si fuera su abuelo y lo cierto es que a él le gustaba esa intimidad.

—Pase no más, Selenita. Mire qué mal se ve esta niña, como si le hubieran dado algo. Me dejan limpio el baño si vomita. ¡Pobre niña! —, su comentario fue sincero, igual la mirada que le regaló al perro que esperaba muy sentado fuera del local—. ¿Vienes con ellas?

—¡Guau!

—No se preocupe, solo será un momentito, al tiro le desocupamos, solo tiene que reponerse tantito. Y sí, viene con nosotros.

—Tome, le regalo esa Fanta que está ahí encima. Quizá necesita algo dulce—, su regalo fue honesto.

En el baño, Selena, al notar la fiebre que consumía a Agatha, colocó la cabeza de su "hija" bajo la llave del lavamanos para que así refrescara su cabeza y, de paso, aliviara un poco el moretón sobre su rostro, que de seguro también le dolía. Agatha, delirando en un mundo paralelo, recordó cuando su mamita le lavaba el cabello. Después, Selena la sentó sobre la taza del baño y le pidió que bebiera un poco. Agatha recordó cuando a los cinco años se enfermó de peste cristal y su mamá y papá la atendieron en la cama.

—Gracias, mamá—dijo la chiquita convencida de que Selena era su madre.

—De nada, hijita.

Al escuchar, "hijita", Agatha puso una cara propia de quien ha despertado de una pesadilla o está a punto de hacerlo… De repente se recordó como una niña y pareció sentirse como tal… De repente pensó en un perro que había tenido de pequeña y que misteriosamente había desaparecido cuando llegó ese hombre a casa, ese viejo horrible, lleno de pliegues y protuberancias en su piel, con el que a veces su madre ya enferma la dejaba… De repente se sintió tranquila como si tuviera tres años y su papá aún estuviera con ellas. Su tira y afloja parecía decantar finalmente en su pasado.

—Vamos, mamá—le dijo—, papá nos espera—. Gracias, Don Nico, gracias.

Selena y Agatha alcanzaron a caminar solo unos pasos desde local de don Nicanor, cuando el perro de antes se paró firme frente a ellas, como si estuviera dispuesto a no dejarlas pasar o tuviera una misión inexcusable que cumplir. Selena se sorprendió por la nueva actitud de ese "amigo" que parecía haber surgido de la nada al mismo tiempo que su "hija" llegaba en ese maldito carro. Agatha, afirmada en su "madre", al verlo lo reconoció de inmediato y sonrió.

—¿Paloma, eres tú?—, preguntó.

Un ladrido de la ahora descubierta perrita bastó para que Agatha se desvaneciera en los brazos de Selena, quien espantada, sin entender nada de nada, solo alcanzó a evitar que esta se golpeara la cabeza posándola cuidadosamente sobre el suelo. Desesperada, no se dio cuenta de la sonrisa que había nacido en el rostro de su hija tras la respuesta de la perrita, aunque tampoco se percató de que Paloma ya no estaba ahí. Selena solamente atinó a correr en busca de Tania y Pascuala. Treinta minutos después, mientras las tres putas lloraban a su compañera en la calle Sor Juana Inés de la Cruz, Horacio finalmente llamaba a esa ambulancia, pues don Nicanor no se quiso meter en problemas.

Dos horas más tarde, los paramédicos interrumpían la cotidianidad de esa esquina, casi por caridad, pues a esa hora nadie más los necesitaba y las prostitutas no eran prioridad. Obviamente, los carros que solían doblar sospechosamente por esa esquina, al ver las balizas, prefirieron acelerar sin interés de saber qué ocurría ahí. Horacio lo lamentaría por el negocio, aunque sabía muy bien que mañana pasarían de nuevo. Agatha, en cambio, reía junto a Paloma muy lejos de ahí.

ÍNDICE

www.ingramcontent.com/pod-product-compliance
Lightning Source LLC
Chambersburg PA
CBHW022207150726
47992CB00002B/1002